JN308942

Испокон веков, и по сей день

Руси поднимать

Каждому Владимиру на престоле...

темы охраны
тов недвижимости

絵本 かがやけ詩
あそぶ ことば

かさぶたってどんなぶた

小池昌代 編　スズキコージ 画

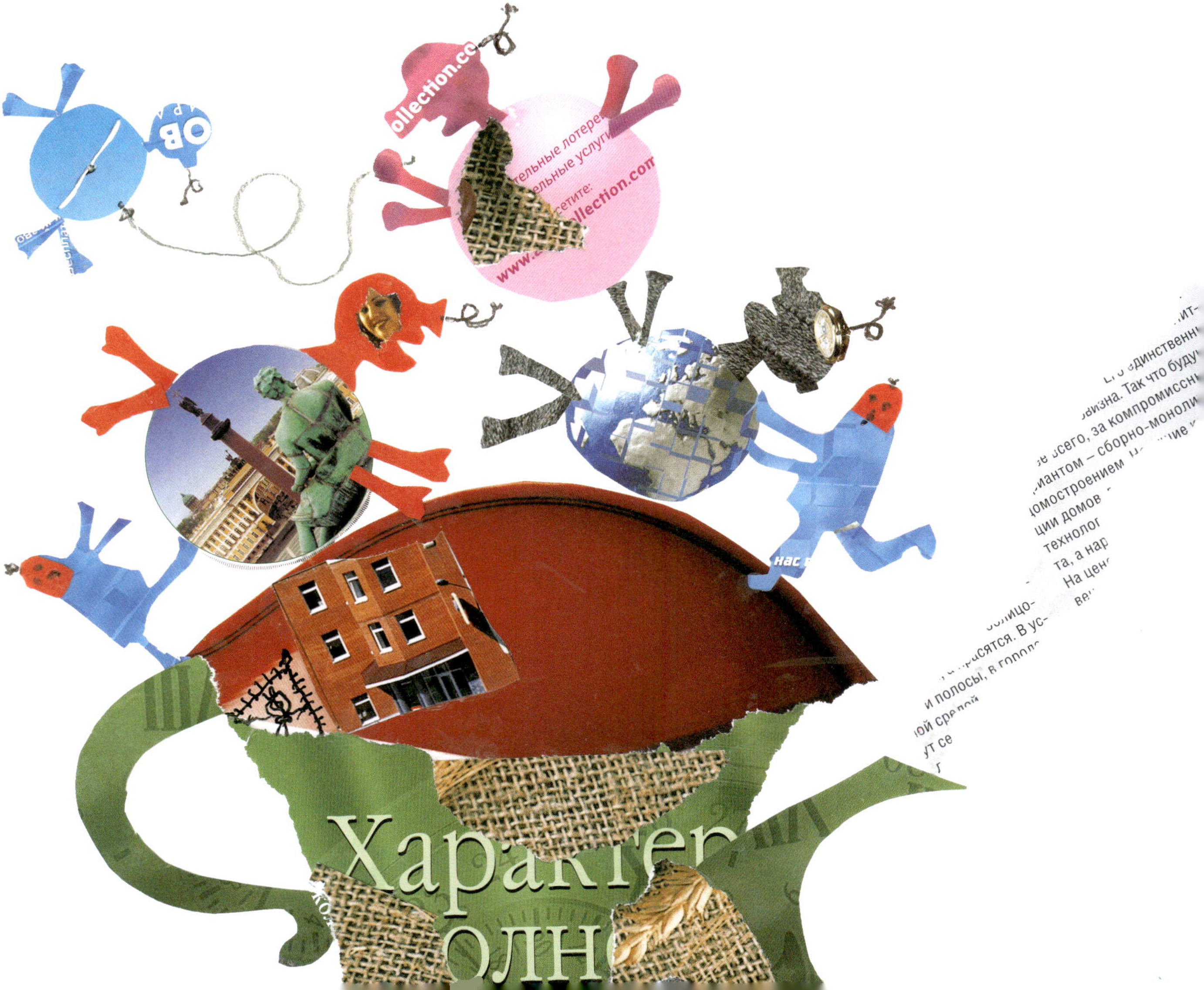

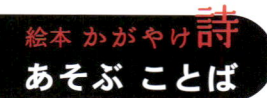

あいうえおにぎり

ねじめ正《しょう》一《いち》

あいうえおにぎり
ぺろっとたべて
かきくけころっけ
あつあつたべて

さしすせそーめん
するするたべて
たちつてとんかつ
むしゃむしゃたべた。
なにぬねのりまき
ぱくっとたべて
はひふへほかまん
ふうふうたべて
まみむめもなか
もぐもぐたべた。
やいゆえよーかん
まるごとかじり
らりるれろっぱい
ごはんをたべて
わいうえおもちも
んとたべた。

おならうた

谷《たに》川《かわ》俊《しゅん》太《た》郎《ろう》

いもくって　ぶ
くりくって　ぼ
すかして　へ
ごめんよ　ば
おふろで　ぽ
こっそり　す
あわてて　ぷ
ふたりで　ぴょ

せみ

有馬《ありま》 敲《たかし》

じぶん　じぶん　じぶん
じぶん　じぶん　じぶん
じぶん　じぶん　じぶん
じぶん　じぶん　じぶん

じかーん　じかーん　じかーん
じかーん　じかーん　じかーん
じかーん　じかーん　じかーん
じかーん　じかーん　じかーん

じゆう　じゆう　じゆう
じゆう　じゆう　じゆう
じゆう　じゆう　じゆう
じゆう　じゆう　じゆう

はやく

藤《ふじ》富《とみ》保《やす》男《お》

おきなさい

はやく　かおをあらいなさい

はやく　ごはんたべなさい

うるさいな

はやく　もんだい　ときなさい
はやく　ねなさい
はやく　はやく　はやくって
うるさいな
はやく　けっこんして
いそいで　おじいさんになって
ああ　いそがしい
いそいでやるのは　どろぼうだけだよ

とびばこ だんだん

藤《ふじ》 哲《てつ》生《せい》

とびばこ
とべたぞ
だんだん
だん
だんだん
だんだんだん
だんだんだんだん
たかくなるたかくなる

とべるかなとべるかな
とべるよなとべるよな

はしってだん
ころげてだん
しりもちだん
あせかきだん
ためいきだん

とびばこ
だんだん
かいぶつだ
かいぶつだん

おちゃのじかん

島《しま》田《だ》陽《よう》子《こ》

まいにちのむちゃ　おいしいちゃ
からだに　めちゃめちゃいいちゃ
のまなくちゃ

りょくちゃ　こうちゃ　ウーロンちゃ
むぎちゃ　くこちゃ　げんまいちゃ

うめちゃ　こぶちゃ　だいふくちゃ
まっちゃ　せんちゃ　ジャスミンちゃ
ばんちゃ　ほうじちゃ　ひやして　れいちゃ
いつでものむちゃ　すきなちゃ　どのちゃ
おしゃべり　ぺちゃくちゃ
たのしいティータイム

がいらいごじてん

まど・みちお

ファッション ―― はっくしょん
アラ　モード ―― あら　どうも
ミニ　スカート ―― 目に　すかっと
パンタロン ―― ぱあだろう
ネグリジェ ―― ねぐるしいぜ
ダイヤモンド ―― だれのもんだ
ペンダント ―― へんなんだ
マニキュア ―― まぬけや
メニュー ―― 目に　いう

アラ　カルト＝＝あら　買って

コロッケ＝＝まっくろっけ

ホット　ドッグ＝＝おっとどっこい

ピックルス＝＝びっくり酢《す》

バウム　クーヘン＝＝どうも　くえへん

マロン　グラッセ＝＝まるう　おまっせ

クロッカス＝＝ぼろっかす

トイレ＝＝はいれ

トランポリン＝＝しらんぷり

ボクシング＝＝ぼく　しんど

トラクター＝＝とられたあ

か

秋《あき》原《はら》秀《ひで》夫《お》

なつに　なると
か

くらく　なると
か

ねむく なると
か
かゆく なると
か
いやに なると
か
あさに なると
いない か

ность
ежде ние.

だれか

うちのまえでよるおそく だれか

よよよよよよよ

っっっっっっっ

ぱぱぱぱぱぱぱ

ららららららら

いいいいいいい

だだだだだだだ

ななななななな

うちのまえでよるおそく しょうべんしてる だれか

中江《なかえ》俊夫《としお》

かさぶたって どんなぶた

山《やま》中《なか》利《とし》子《こ》

かさぶたって どんなぶた
ころんじゃってから
ちがでちゃってから
ひざこぞうに
一
二
三
四
五日《いつか》めに
やっとできたぶた
ちゃいろぶた

Функции: Часы, минуты,
Катерина Афонченкова
ГРУЗОВ
Невском
и элитные квартиры
т-Петербурга
Леденец, хромо
на одну ногу
ПРЕМЬЕР
подарки
В сумме.

ТЕАТР

たんぽぽ

川崎《かわさき》 洋《ひろし》

たんぽぽが
たくさん飛んでいく
ひとつひとつ
みんな名前があるんだ
おーい　たぽんぽ
おーい　ぽぽんた
おーい　ぽんたぽ
おーい　ぽたぽん
川に落ちるな

お経《きょう》

阪田寛夫《さかたひろお》

電車《でんじゃあ》馬車《ばあじゃあ》自動車《じいどうじゃあ》
人力《じんりき》車力《しゃありき》自転車《じいてんしゃあ》
交通《こうつう》地獄《じいごく》通勤者《つうきんしゃあ》
受験《じゅうけん》地獄《じいごく》中高生《ちゅうこうせえ》
合唱《がっしょう》練習《れんしゅう》土曜日《どうようびい》
空腹《くうふく》帰宅《きいたく》晩御飯《ばんごうはあん》

TAJ MAHAL
OLMECA
РОССИЙСКАЯ
НЕДЕЛЯ
МОДЫ
WWW.RF
КРУПНЕЙШАЯ НЕДЕЛЯ МОДЫ
В ВОСТОЧНОЙ ЕВРОПЕ
R F W
Russian Fashion Week
тел. в Санкт-Петербурге: (812) 331-06-91
www.massager.ru

けむしとくるみの木

與《よ》田《だ》準《じゅん》一《いち》

くるみの枝をのぼってく
けむしのあゆみのおそいこと。
じ………
じ………
じ………。

どこまでなにしにいくつもり
高い高いくるみの木。
じ………

見てるとまったくじれったい
一の枝、二の枝、三の枝。
じ……
じ……
じ……。
でも、ひとやまの豆をむき、
見上げてみたら、あんなとこ。
じ……
じ……
じ……。
じ……
じ……。

きのうのきんようび

松《まつ》岡《おか》享《きょう》子《こ》

きのうのきんようび
きたのくにから
きんいろのきかんしゃにのって
きれいにきかざった
きいろのきりんがやってきた。
きばつなぼうしに
きつねのえりまき
きらびやかなきものに
きゅうくつそうなくつ
きゃしゃなてぶくろに
きぬのすかーふ
きらきらひかる
きんぐさりのさきに
きんぴかのきんどけいをぶらさげ
きんぶちのめがねごしに
きんがんのめを

きょろつかせ
きょうも
きどって
きんじょをあるいていたが
きざで
きままで
きまぐれで
きみじかで
きむずかしくって
きどりやで
きぐらいばかりたかくて
ききわけがなく
なにかというと
きいきいいうので
きょうだいからは
きわめて
きらわれていたって。

ちょっと出かけてくるわ

マイケル・ローゼン
谷《たに》川《かわ》俊《しゅん》太《た》郎《ろう》・訳

ちょっと出かけてくるわ
どうして？
お茶をのみに
どうして？
だってのどがかわいてるから
どうして？
だって暑いもの
どうして？

だってお日さまかんかんよ

どうして？

だって夏だもの

どうして？

だって今はそうだから

どうして？

どうしてどうしてばかり言うの？

どうして？

お茶の時間だからよ
とっくにどうしてをやめる時間だからよ

なんだって？

おにいちゃん おにになった

岸《きし》田《だ》衿《えり》子《こ》

おにいちゃん　おにになった
いもうと　いもむしになった
となりのこは　どなりんぼ
おとうとは　おとなしい
かあさん　かささして
とうさん　とうせんぼ

おじいさん　おじゃがすき
おばあさん　おばけとなかよし
せんせいが　せんべいたべて
おかしやは　おかしがる
ねこのこ　ねころんで
ねずみは　ねずのばん

Marriott
MOSCOW GRAND

わかれのことば

阪《さか》田《た》寛《ひろ》夫《お》

にほんじんなら　さよなら
あめりかじんなら　ぐっばい
ほうちょうやさんなら　では
せとものやさんなら　おさらば
まほうびんやさんなら　じゃあ
はいしゃさんなら　はいちゃ
ふたごなら　バイ
よつごなら　バイバイ
はちなら　バイバイバイバイ

ぶたなら　トンヅラ
かばなら　あばよ
かなぶんなら　くそくらえ
ソレントしちょうさんなら　かえれ
めいきょくきっさなら　おとと・いこい
しちめんちょうなら　ごめん
しつれんしたゆうれいなら　しつれい
おおまたのコンドルなら　またこんど
ひとくいトラなら　どうもう
サイなら　さいなら

あけがたには

藤《ふじ》井《い》貞《さだ》和《かず》

夜《よ》汽《ぎ》車《しゃ》のなかを風が吹いていました
ふしぎな車内放送が風をつたって聞こえます
……よこはまには、二十三時五十三分
とつかが、零《れい》時《じ》五分
おおふな、零時十二分
ふじさわは、零時十七分
つじどうに、零時二十一分
ちがさきへ、零時二十五分
ひらつかで、零時三十一分

おおいそを、零時三十五分
にのみやでは、零時四十一分
こうづちゃく、零時四十五分
かものみやが、零時四十九分
おだわらを、零時五十三分
……

ああ、この乗務《じょうむ》車掌《しゃしょう》さんはわたしだ、日本語を
苦しんでいる、いや、日本語で苦しんでいる
日本語が、苦しんでいる
わたくしは眼《め》を抑《おさ》えてちいさくなっていました
あけがたには、なごやにつきます

小池昌代さんからの手紙

「あいうえおにぎり」

この詩には食べ物が次々と出てきます。みな、「ことば」でできた食べ物です。あかさたなはまやらわ。最後に、「ん」を見つけたとき、わたしはなぜかほっとしました。普段《ふだん》は文末につくばかりの「ん」が、ここでは行頭に現れる。そのこと自体もゆかいですが、詩にも終わりがくるということを、「ん」の字を見ると納得するのです。文字にだって人のように顔があり表情がある。五十音もまた、生きているのです。

「おならうた」

こどもはおならが大好きですね。ゆかいだもの。実はわたしも大好きなんですが、おとなになると、話題にしにくい。それでこの詩でウサをはらすのです。この詩のおかしさは、作品自体がおならをしていること。読んでいると、からだが詩に一体化してきて、見えないおならが、ぷっと出てくる。そしてこころが軽くなります。出ていったのは、おならでなく、こころの毒素みたいなものだったのかもしれませんね。

「せみ」

せみってこんなふうに鳴く？　そうです。鳴くんです。この詩を読んでいると、確かにそう聞こえてくる。「自分」「時間」「自由」。漢字にすると、抽象《ちゅうしょう》的で難しい言葉です。孤《こ》独《どく》でてつがく的な響《ひび》きがある。そしてどの言葉も、宇宙とつながってる感じがします。夏のあいだ、短い生を精一杯《ぱい》に生きるせみの声が、こころのなかに、深い問いの波紋《はもん》を広げていきます。じぶんとは？　じかんとは？　じゆうとは？

「はやく」

こどものころ、はやくしなさいよって、よく母から言われました。親になっても、つい言ってます。そして仕事でも、いまだに、はやく！　と、さいそくされて。「はやく」って、ひとに流れる遅速《ちそく》の時間を、均一にならそうとする、のっぺらぼうの脅迫《きょうはく》みたい。この世界のどこかに、いそいでおじいさんになった男の子はいませんか。ばら色の頬《ほお》をした皺《しわ》だらけのこども。読んだあと、哀《かな》しくてやがて怖《こわ》くなる詩です。

「とびばこ　だんだん」

飛び箱を飛ぶときは勇気が必要です。飛び越《こ》えて向こう側へ行かなければなりません。おとなになった今だって、飛び箱と聞けば、順番がきて走り出す直前の、不安な気持ちが、蘇《よみがえ》ってきます。でも、大丈夫。この詩を読めば、「だん」という音が、背中を押《お》してくれる。詩のかたち自体も、飛び箱のようでしょう。さあ、飛ぼう！　飛び越えていこう！

「おちゃのじかん」

この詩を読んだらお茶が飲みたくなってきました。日本にはこんなに、たくさんの種類のお茶があったんですね。作者が知っていて、ここに並べたというより、「ちゃ」という音が、日本語のなかから、これだけのお茶を、呼び出してきたのかもしれない。キューバのダンス音楽に、「チャチャチャ」と呼ばれるものがあります。「ちゃ」には、人類すべてのからだをむずむずさせる、秘密の麻薬《まやく》が仕込《しこ》まれているようです。

「がいらいごじてん」

こどもはよく、ゆかいな「言い間違《まちが》い」をします。できることなら、してみたいような間違いを。どんなに生きることが楽しくなるでしょう。そもそも彼らのからだには、こんな「がいらいごじてん」が備えつけられているのかもしれませんね。わたしたちは、おとなになる途中《とちゅう》で、なくしてしまったようです。これは、そのなくした辞書の切れ端《はし》ですが、切れ端でも見つかってよかった！

「か」

言葉っておもしろい。だって、「か」のように、たった一語でも、りっぱに意味をもって、立っているのですもの。「か」というひらがなを、じっと見つめてみてください。ぱちんとつぶしたら、そこから真っ赤な血が出てくるかも。誰《だれ》の血でしょう。わたしの血？　それとも蚊《か》の血？　日本語の血かも。

「だれか」

いるんだよ。わかるんだ。目には見えないよっぱらい。どこから来たのか、わからない。歳《とし》がいくつかもわからない。のっぺらぼうで、名前もなし。だけど確かに音だけは聞こえる。しょぼしょぼしょぼってしょんべんの音。困ったひと。変なひと。きみにはヤツが見えないかな。でもこわがったりしなくていいよ。もしかしたら、そのよっぱらい、反転してる文字を読んでる、きみ自身のことかもしれないよ。

「かさぶたって どんなぶた」

かさぶたはこどものともだちです。わたしはおとなですが、固まってくると、つい、はがしちゃう。なかなか傷がきれいになりません。傷は痛い。けれど痛みは誰にも代わってもらえない。だから傷は避《さ》けたいものだけど、自分だけの大事なものでもありますね。かさぶたは、その大事を守る大事なふたです。わたしにもその「豚《ぶた》」を、ともだちと呼ばせて。

「たんぽぽ」

ふわふわとしたたんぽぽの種が目につくと、どこへ行くのか、気になります。目で追いますが、追いきれません。ばかばかしいと思いつつも、なぜかたんぽぽの種にだけは、見届けたいという気持ちがおこるのです。わたしはたんぽぽの親ではありません。でも親心って、親でない者にも、あるんですよ。

「お経《きょう》」

あはは、と声に出して笑った後、心が静まるのは、やはりお経の功徳《くどく》でしょうか。作者はお経をよく聞いて育った人に違《ちが》いありません。真ん中の二行に、地獄《じごく》が出てきます。交通地獄と受験地獄。この世には確かに様々な地獄があるなあと思ったとき、遊びのなかに真実がのぞきます。擬似《ぎじ》お経が、ほんとのお経にふっと近づく。けれどこの詩に教訓めいたところは少しもありません。感動を覚《おぼ》えるほどばかばかしい詩です。そのばかばかしさが、わたしたちを勇気づける。心が萎《な》えた一日に唱《とな》えてみましょう。きっと憂《うれ》いが飛ぶでしょう。これはわたしの大切なお経です。

「けむしとくるみの木」

毛虫の歩みは、あまりにのろく、あまりに静かなので、それが音になるなんて、考えもしませんでした。じ……。まるで世界のねじを、ゆっくり巻いているような音です。なかなか進みません。目標は高い高いところ。なかなか行き着けません。じ……。わたしはだいぶ、年をとりましたが、急ぐことはないですね。毛虫のように歩んでいきましょう。そんな気持ちになりました。

「きのうのきんようび」

きのうのきんようび、きたのくにからやってきたきりん、詩のなかでは、悪口ばっかり言われています。きざできままできみじかで、きゅうくつそうなくつをはいているって。でもわたしは、このきらわれもののきりんに、できることなら、会ってみたいです。

「ちょっと出かけてくるわ」

「ちょっと出かけてくるわ」と言っている女の人はお母さんでしょうか、奥《おく》さんでしょうか。どうして？　と聞いているのは、こどもか。それともおとな？　どうして？　はこどもだけの特権ではありません。でもおとなたちはなぜか、これをのみこんで生きていますね。だから、からだがむずむずするのです。生きるとは、どうして？　とともに生きることだと言ってもいいでしょう。わたしは、どうして？と聞かれるのが好きです。聞くのも好きです。なんていきいきとした質問でしょう！

「おにいちゃん おにになった」

でだしのことばは呪文《じゅもん》のようですね。「おにいちゃん　おにになった　いもうと　いもむしになった」そんな兄妹が、いたというよりも、そう言われて、おにになり、いもむしになってしまった兄と妹がいたような気がしてきます。おばあさんはおばけとなかよしだし、充《じゅう》分《ぶん》、奇妙《きみょう》な一家です。一行のなかに二つの文節があり、その文節が頭韻《とういん》を踏《ふ》んでいます。案外見かけない詩の形かもしれません。

「わかれのことば」

使用者別の、わかれのことば。上下はやわらかな関係で結ばれていますが、その関係の糸を読者が解くことによって詩が成立します。作者はこの作品を作るのに、かなり苦心を重ねたのではないでしょうか。ごく普通《ふつう》の挨拶《あいさつ》から始まるもの、音をかけたもの、意味をかけたものと、上下の関係は、複雑味を増していきます。「めいきょくきっさなら、おとと・いこい」などには、その後ろに、脂汗《あぶらあせ》をにじませた作者の姿が浮《う》かんできませんか。その苦闘《くとう》ぶりを想像するのも、いじわるなようですが、この詩を読む楽しみのひとつ。

「あけがたには」

一読しただけでは、よくわからないかもしれません。助詞《じょし》に注目してください。「よこはまには、」の「には」、「とつかが、」の「が」、「ふじさわは、」の「は」。同じ到着《とうちゃく》時刻を示すのに、これだけみんな、違《ちが》う助詞がついているのです。なかには助詞のないパターンもあります。どのように日本語を使ったらよいか、迷い苦しんでいる車掌《しゃしょう》の姿は、詩をつくることにおいて、同じように日本語と格闘《かくとう》している作者自身の姿でもあります。けれどこの詩では、苦しんでいるのが、最後、日本語の使い手を離《はな》れて、日本語自体であるというように、認識が至ります。そこまで読んだとき、なぜでしょうか、哀《かな》しみのようなものがわいてきました。言葉へのいとおしさだったかもしれません。夜汽車《よぎしゃ》とともに走り抜《ぬ》けていったのは、なんだったのでしょう。

編者・小池昌代（こいけ・まさよ）

東京都生まれ。詩人。

詩集に『もっとも官能的な部屋』（高見順賞・書肆山田）、短編集に『タタド』（題名作品で川端康成文学賞・新潮社）、絵本の翻訳に『それいけしょうぼうしゃ』（講談社）『どうしたの』（あかね書房）などがある。

画家・スズキコージ

静岡県生まれ。絵本作家。

絵本に『やまのディスコ』（絵本にっぽん賞・架空社）『ガッタンゴットン』（平凡社）『エノカッパくん』（教育画劇）『エンソくんきしゃにのる』（小学館絵画賞・福音館書店）、画集に『スズキコージズキンの大魔法画集』（平凡社）などがある。

	出典
あいうえおにぎり	ねじめ正一『あいうえおにぎり』偕成社
おならうた	谷川俊太郎『わらべうた』集英社
せみ	有馬 敲『ありがとう』理論社
はやく	藤富保男「子どもの館」福音館書店
とびばこ　だんだん	藤 哲生『秋いっぱい』銀の鈴社
おちゃのじかん	島田陽子『かさなりあって』大日本図書
がいらいごじてん	まど・みちお『まど・みちお全詩集』理論社
か	秋原秀夫『ちいさなともだち』銀の鈴社
だれか	中江俊夫『うそうた』理論社
かさぶたって どんなぶた	山中利子『まくらのひみつ』リーブル
たんぽぽ	川崎 洋『しかられた神さま』理論社
お経	阪田寛夫『てんとうむし』童話屋
けむしとくるみの木	與田準一『ぼくがかいたまんが』国土社
きのうのきんようび	松岡享子『それ ほんとう？』福音館書店
ちょっと出かけてくるわ	谷川俊太郎・川崎 洋／編訳『木はえらい──イギリス子ども詩集』岩波書店
おにいちゃん　おにになった	岸田衿子『あかるい日の歌』青土社
わかれのことば	阪田寛夫『まどさんとさかたさんのことばあそび』小峰書店
あけがたには	藤井貞和『ピューリファイ！』書肆山田

絵本 かがやけ・詩 あそぶ ことば　**かさぶたって どんなぶた**

発　行　2007年9月初版　2024年10月第15刷
編　者　小池昌代
画　家　スズキコージ
発行者　岡本光晴
発行所　株式会社 あかね書房
〒101-0065 東京都千代田区西神田3-2-1
電話 03-3263-0641（代）

デザイン　森 木の実
編集協力　苅田澄子
印刷所　株式会社 精興社
製本所　株式会社 難波製本

定価はカバーに表示してあります。

落丁本、乱丁本はおとりかえいたします。

NDC911 40P 25cm ISBN978-4-251-09251-9

あかね書房ホームページ https://www.akaneshobo.co.jp

絵本 かがやけ詩
あそぶ ことば

小池昌代 編

1 あそぶ ことば
かさぶたって どんなぶた
スズキコージ 画

2 かんじる ことば
レ モ ン
村上康成 画

3 いきる ことば
どっさりの ぼく
太田大八 画

4 みんなの ことば
うち 知ってんねん
片山 健 画

5 ひろがる ことば
かんがえるのって おもしろい
古川タク 画